I0686679

8°L 195
1371

Colonel J. PALOQUE

Le Problème de l'avancement

des

OFFICIERS DANS UNE DÉMOCRATIE

(Extrait de *l'Opinion Militaire*)

PARIS

Henri CHARLES-LAVAUZELLE

Éditeur militaire

10, Rue Danton, Boulevard Saint-Germain, 118

(MÊME MAISON A LIMOGES)

1912

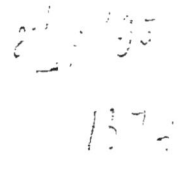

Problème de l'avancement.   1

LE PROBLÈME DE L'AVANCEMENT

des officiers
dans une démocratie

Colonel J. PALOQUE

Le Problème
de l'avancement

des

OFFICIERS DANS UNE DÉMOCRATIE

(Extrait de *l'Opinion Militaire*)

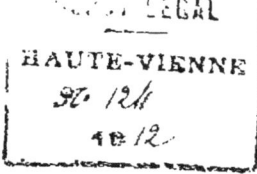

PARIS
Henri CHARLES-LAVAUZELLE
Éditeur militaire
10, Rue Danton, Boulevard Saint-Germain, 118
(MÊME MAISON A LIMOGES)

1912

LE PROBLÈME DE L'AVANCEMENT

des officiers

dans une démocratie

Une solution rationnelle.

Chacun sait que, sous les anciens régimes, la propriété d'un régiment ou d'une compagnie était, moyennant finances, donnée par le roi.

Encore fallait-il être noble ou fils d'un officier en service, pour être admis à conquérir un brevet : celui de colonel ne coûtait guère moins de 80.000 à 100.000 francs.

Il faut aller jusqu'à 1780, au seuil même de la Révolution, pour voir condamner la vénalité des charges, et jusqu'à 1818 pour voir apparaître la première loi d'avancement, due à Gouvion-Saint-Cyr, dont bien des dispositions, conservées dans la loi de 1832, subsistent encore aujourd'hui, tout au moins dans leur principe.

Sous un régime démocratique comme le nôtre, n'y a-t-il pas un nouveau pas à faire ?

Le roi seul nommait jadis aux grades et emplois : aussi s'en prenait-on au roi, en cas de gros revers !

A qui pourrait s'en prendre, aujourd'hui, une démocratie, sinon à elle-même, si ses fautes l'entraînaient à l'irrémédiable déchéance, à la perte de ses libertés, à l'inutilité de son immense effort vers un généreux idéal de vérité, de justice et d'équité ?

Il est clair qu'une démocratie en voie d'organisation sociale et économique ne poursuit la réalisation des meilleures conditions de son fonctionnement que parce qu'elle compte, que parce qu'*elle veut durer*.

Or, *la guerre peut la détruire*, et il ne lui suffit pas de ne pas vouloir la guerre pour n'avoir pas à la subir.

Elle sent donc tous les problèmes qu'elle cherche à résoudre sous l'implacable dépendance de ce problème capital qu'est *le problème militaire*.

Bien que la paix fournisse le milieu le plus favorable à son développement, *elle est contrainte de prévoir et de préparer la guerre !*

Son armée ne saurait répondre à des aspirations de faste : elle la considère comme l'organisme qui seul peut la sauver, avec toute son œuvre, des plus formidables dangers qui la menacent.

Elle veut donc une armée formidable et, pour la rendre telle, elle la constitue de toutes les énergies de la nation. Mais cette armée est mue par *des organes directeurs* comme le marteau est mû par le bras du forgeron.

S'il ne frappe pas sur l'enclume, vain et inutile est le coup de marteau.

Si elle n'exerce pas un effort intelligemment dirigé au point voulu, cette énorme accumulation de puissance, que représente une nation armée, se dépensera vainement, sans but ni profit.

Tant vaudront les organes directeurs, tant vaudra l'action de l'armée, au moment décisif.

C'est l'avancement qui crée les organes directeurs.

C'est par l'avancement, suivant qu'elle l'aura bien ou mal pratiqué, qu'une démocratie verra s'*accroître au maximum* ou s'*annihiler* le rendement de la réunion en son armée de toutes ces ressources d'énergie, tirées de son propre sein.

Comment, dès lors, administrer l'avancement ?

Ce n'est un secret pour personne que la solution soit

encore à trouver et que les ténèbres qui l'enveloppent soient restées fort épaisses.

La prolongation de l'état de paix a rendu assurément le problème plus difficile à résoudre.

Guidés par l'infaillible flambeau de la méthode positive, ne découvrirons-nous pas le chemin qui mène à sa solution ?

Le lecteur qui voudra bien nous suivre avec quelque attention sera bientôt en état de répondre à cette question.

Nul raisonnement, nulle théorie ne peuvent être entrepris et ne sauraient conduire à une solution rationnelle, si l'on ne prend comme point de départ un principe fondamental, établi sur des bases solides, un principe indiscutable, d'où découleront ensuite, comme tout découle des axiomes en géométrie, et les conclusions à émettre et les principes à appliquer.

Cherchons les éléments de ce principe-base.

Actuellement, l'avancement est donné :

1° Aux uns, *en vertu d'un droit*, basé sur le nombre d'années qui se sont écoulées depuis leur nomination au grade précédent ;

2° A d'autres, *à titre de récompense*, pour des services rendus, ou encore pour des travaux, des missions, des inventions, un séjour dans l'Est, etc. ;

3° A un très petit nombre, enfin, *en prévision des services qu'ils sont reconnus susceptibles de rendre dans les grades supérieurs.*

Pour ceux-ci, l'avancement est attribué *dans l'intérêt de l'armée*, parce qu'il a pour unique objet de la rendre plus forte au profit de la nation.

Pour ceux-là, au contraire, c'est *l'intérêt de l'officier promu* qui est en cause.

Intérêt général d'une part, intérêt particulier de l'autre. N'y a-t-il pas lieu de faire radicalement un choix entre les deux, et poser la question n'est-ce pas la résoudre ?

On pourrait hésiter dans certaines administrations, rouages rigoureusement *internes* d'un pays.

Le peut-on dans l'armée, cette *force destinée à réagir extérieurement* et dont la seule raison d'être consiste à se trouver un jour directement opposée *à une autre force* dans la lutte dont l'existence même de la nation sera l'enjeu ?

Des nécessités se dressent avec tous les devoirs qu'elles imposent, avec toutes les conséquences qu'elles peuvent entraîner :

1° N'attribuer l'avancement, c'est-à-dire le droit de commander sur un plus grand nombre d'hommes, d'influer avec plus de poids, en temps de paix, sur les destinées de son arme et de prendre, en temps de guerre, des décisions plus graves, qu'à celui qui se présente *comme étant le plus apte à exercer ce surcroît d'autorité*, à faire bénéficier son arme de cet accroissement d'influence, à prendre enfin, sur le champ de bataille, les décisions les plus éclairées.

2° Ne provoquer volontairement aucune modification dans cet organisme que constitue l'armée, *qu'en vue de le fortifier.*

3° Ne jamais donner à un officier une autorité et un grade *dont on sait qu'un autre ferait un meilleur usage* pour le salut, la prospérité, la dignité et le rayonnement à l'extérieur de la nation qui le nomme.

SACRIFIER TOUJOURS, EN UN MOT, LES INTÉRÊTS PARTICULIERS A L'INTÉRÊT GÉNÉRAL.

Tel est le principe fondamental dont la base est bien, en l'espèce, la plus solide qui soit : l'intérêt de l'armée, l'intérêt primordial du pays !

Ne pas s'y conformer, c'est, ayant un grand choix,

bâtir volontairement un édifice sans tirer profit des meilleurs matériaux s'offrant à profusion.

La conséquence qui se dégage le plus nettement des principes que nous venons d'énoncer, c'est la nécessité d'établir une distinction absolue entre :

a) L'**avancement,** attribué dans l'intérêt de l'armée ;

b) Les **récompenses** attribuées dans l'intérêt de l'officier (à la suite de missions, fatigues, travaux, inventions, séjours dans l'Est,... etc. ;

c) Les **accroissements successifs de la solde** attribués aux officiers privés d'avancement (d'après le nombre de leurs années de services dans le grade).

Chacun de ces trois cas mérite un examen particulier dont l'exposé comprendra :

1° Des idées générales ;

2° Des moyens d'exécution.

I. — L'avancement.

Idées générales. — L'avancement devant être uniquement basé sur la valeur des officiers, il importe, avant tout, de pouvoir apprécier, aussi exactement que possible, cette valeur.

C'est là, chacun le sait, le côté le plus ardu de la question.

Actuellement, l'officier proposé pour l'avancement est apprécié :

1° *D'après les notes de ses chefs antérieurs ;*

2° *D'après les notes de ses chefs actuels ;*

3° *D'après l'impression que se forme de lui, en quelques jours, en quelques heures, en quelques instants peut-être, l'autorité qualifiée pour prendre décision.*

Si l'on voulait classer ces trois éléments d'appréciation dans l'ordre de leur importance réelle, d'après le poids qu'ils devraient avoir pour déterminer la valeur absolue des candidats, il faudrait les ranger comme ils le sont ci-dessus.

Les notes antérieures résument, en effet, les services, les marques de dévouement, les garanties de valeur de l'officier au cours de sa carrière, de l'avis de tous les chefs qui l'ont vu à l'œuvre.

Les notes des chefs de l'officier, au moment de sa proposition, ont peut-être plus de poids que celles de chacun des chefs précédents, mais en ont généralement moins que l'ensemble de ces dernières.

Viendrait ensuite l'appréciation de l'autorité qui sanctionne.

Est-il besoin de démontrer que c'est précisément dans l'ordre inverse que ces éléments influent sur le résultat ?

Qu'en résulte-t-il bien souvent ?

Qui n'a observé les effets de la mentalité, toute spéciale, de l'officier proposé ?

Agitation croissante, à mesure qu'approche le moment décisif ; l'homme calme et pacifique de la veille (souvent trop calme et trop pacifique pour un soldat !) se transforme tout à coup en foudre de guerre ; ne parle plus que par graves aphorismes sur les questions intéressant l'armée, mais fait, d'autre part, mille démarches pour augmenter ses atouts en faisant agir des influences.

Après le succès, quand l'inscription au tableau est venue garantir l'avenir, bien souvent l'agitation fait place à une douce quiétude, pour reparaître de plus belle dès qu'approchera l'heure d'une nouvelle proposition.

En cas d'insuccès, c'est le mérite méconnu, c'est la nécessité d'une compensation, souvent réclamée bien haut, sous la forme d'une bonne garnison, d'un emploi agréable et tranquille !

A défaut de cette compensation, c'est parfois l'extinction complète, la disparition du goût pour le service :

l'officier non favorisé se met moralement à la retraite, cependant que la République *le compte encore au nombre des organes directeurs*, le rétribue et, mieux encore, en dépit de son indifférence pour les choses militaires, nomme peu après au grade supérieur, de par les droits de l'ancienneté, le capitaine non maintenu, afin que son mécontentement altère sur une plus grande échelle les bonnes volontés d'en bas, et compromette à un plus haut degré la mission finale de l'armée.

Il ne convient pas d'insister davantage sur les dangers de la méthode actuelle, et il est certainement plus intéressant de rechercher tout de suite les bases équitables d'une manière de procéder plus logique, qui va se révéler d'elle-même dès que nous chercherons la voie en nous inspirant uniquement *de l'intérêt supérieur de l'armée.*

Le lecteur perspicace, qui s'efforce de deviner les tendances de l'auteur de ces lignes, croira les avoir trouvées dans son désir de voir tenir un plus grand compte des notes antérieures de tout officier proposé.

Or, nul ne sait mieux que nous combien il est difficile de classer des officiers par ordre de mérite, d'après la simple lecture de leurs notes.

Tel chef de corps aura noté ses meilleurs officiers en faisant très consciencieusement ressortir leurs qualités et leurs défauts.

Tel autre croira, au contraire, faire preuve d'une extrême sévérité s'il laisse apparaître quelque timide restriction dans son appréciation sur un officier médiocre.

N'y a-t-il pas, d'ailleurs, le chef de corps qui voit tout en mal, qui s'estime mal secondé par ses officiers, et celui qui voit, au contraire, tout pour le mieux, qui a un régiment exceptionnel, dont tous les officiers sont extraordinaires... !

Comment s'y reconnaître ? Comment éviter, si l'on tient compte de ce que suggère la lecture des notes antérieures, comment éviter, disons-nous, qu'elles fassent pencher souvent l'opinion en faveur d'un moins digne ?

Ce danger, bien connu, fait que, le plus souvent, les notes antérieures n'entrent que pour une trop faible part dans le sort final de la proposition.

Or, comme nous l'avons montré, c'est précisément dans le cours de sa carrière, dans les circonstances multiples où il a trouvé les occasions de faire valoir ses qualités diverses, que l'officier a montré sa valeur, son aptitude à exercer une autorité plus grande !

Disons donc tout de suite que cette autorité ne doit pas lui être attribuée par un à-coup, mais qu'il doit l'acquérir *par un acheminement progressif.*

Toute démonstration éclatante ou discrète de la valeur d'un officier *doit l'élever,* et c'est par une série d'efforts et de preuves données de son mérite qu'il doit enfin avoir obtenu les droits lui ouvrant le grade supérieur, visiblement, au vu et au su de tous.

Les grades ne seront plus *donnés,* comme ils l'étaient sous les vieux régimes, comme ils le sont encore actuellement ; ils seront *atteints* et, à tout instant, chacun pourra voir son niveau, savoir où son mérite le classe dans les gradins qui conduisent au commandement.

Ce n'est pas après dix ou quatorze ans de grade que l'excellent capitaine Y aura enfin autorité sur le très médiocre capitaine X, qui *marche* avant lui sur l'annuaire.

L'intérêt supérieur veut que ce soit *le plus tôt possible* après la constatation de sa supériorité.

Qu'importe que le tombereau apportant les matériaux légers et friables ait été déchargé le premier et que celui qui porte les granits ne soit venu qu'après. Quel architecte voudrait attribuer, de ce fait, aux matériaux fragiles *des droits* acquis pour en faire les bases de l'édifice, réservant pour les parties supérieures les matériaux lourds et résistants.

L'idée, déjà ancienne, de pousser les meilleurs officiers par *des bénéfices annuels d'un certain nombre de rangs sur la liste d'ancienneté*, est celle qui répond le mieux à toutes les conditions et qui traduit de la façon la plus expressive et la plus juste le terme : *avancement*.

Par sa manière de servir, par les qualités et les aptitudes qu'il révèle dans l'exercice de son commandement soit dans les manœuvres du temps de paix, soit, mieux encore, en campagne ; par la certitude qu'il impose à tous de sa supériorité manifeste sur les autres, l'officier, grâce à des bénéfices servant tous les ans de base à l'établissement d'une nouvelle liste d'ancienneté, gagne un surcroît d'autorité correspondant à son nouveau rang.

Les services passés ont *tous* contribué à augmenter le poids de ses droits acquis, *désormais à l'abri de toute appréciation arbitraire ou mal fondée*, et, s'il conserve ses qualités, s'il ne cesse de mériter la faveur de nouveaux bénéfices, il est conduit, *par un avancement progressif*, au grade supérieur.

Moyens d'exécution. — Le principal obstacle à l'application de toutes les méthodes proposées jusqu'ici pour l'avancement a toujours résidé dans la difficulté d'obtenir des divers chefs des propositions homogènes, se prêtant à être fusionnées, pour faire ressortir le mérite relatif des candidats non dans le régiment ou la brigade, ni même dans le corps d'armée, mais dans l'ensemble de l'arme à laquelle appartiennent les candidats.

L'un de ces chefs, par exemple, tout en reconnaissant que le jeune et brillant officier A a plus de valeur que l'officier B, déjà ancien, estimera que ce dernier, bien que sans qualités saillantes, *n'a pas démérité*, et qu'il doit passer au grade supérieur avant A, *qui a le temps !*

Il se substitue au père de famille qui case d'abord ses aînés.

Un autre chef de corps, animé de l'opinion contraire, préférera pousser son très jeune candidat et sacrifier, par principe, de très bons officiers d'ancienneté moyenne ; ceux-ci auront le crève-cœur de voir triompher, dans le régiment d'à côté, l'officier B, qui ne les vaut pas !

Ce qu'il y a lieu de chercher, pour porter remède à un manque d'équité aussi manifeste, c'est une méthode qui, tout en ayant pour base l'appréciation des chefs immédiats, puisque toute autre fait défaut, oriente et canalise, en quelque sorte dans le sens le plus convenable, la façon dont ces chefs devront, à l'avenir, exercer leur choix et présenter leurs propositions.

Pour arriver à ce résultat, avec le bon vouloir du chef, *et même malgré lui*, il faut modifier radicalement la manière de procéder employée jusqu'ici et adopter une méthode toute nouvelle.

Avant d'exposer, dans ses grandes lignes, celle qui se révèle comme répondant le mieux au but à atteindre, il est nécessaire de montrer nettement comment se pose le problème à résoudre.

Quelques formules s'imposent au lecteur pour le conduire dans le domaine positif.

Leur simplicité presque enfantine ne le fera pas renoncer à nous suivre plus avant :

Prenons donc le cas des capitaines dans une arme quelconque.

Ouvrons l'annuaire et comptons les capitaines : soit N leur nombre.

Tous ne deviendront pas commandants ; il en disparaîtra un nombre n par démission, retraite, décès, etc.

$N - n$ atteindront le quatrième galon.

Soit v le nombre de vacances qui se produisent annuellement dans le grade de commandant.

Si l'avancement était uniquement réglé par l'ancienneté, tout capitaine de cette arme passerait au grade supérieur après un nombre d'années de grade A, tel que :

$$A = \frac{N - n}{v}$$

Mais, en réalité, tout capitaine qui passe à l'ancienneté a été devancé par des capitaines figurant *après lui* sur l'annuaire, tandis qu'il ne devance lui-même aucun de ceux qui sont *avant*. Il ne passe donc pas à l'ancienneté après un nombre d'années de grade A, mais après un nombre plus grand, dont la moyenne est, par exemple :

$$A + a$$

Les capitaines passés au choix étant en nombre égal, d'après les errements actuels, gagnent exactement ce que perdent les capitaines passés à l'ancienneté.

Ils ont donc obtenu le quatrième galon après un nombre d'années de grade dont la moyenne est précisément :

$$A - a$$

Dans les conditions actuelles, pour lesquelles A est constant, on ne saurait donc rajeunir qu'en augmentant le gain a, ce qui entraînerait à vieillir d'une part autant qu'on rajeunirait de l'autre.

Toutes les théories actuelles du rajeunissement s'effondrent devant cette constatation.

Malgré la modification de a, une promotion de nouveaux commandants aura toujours le même âge, dans son ensemble, car, si elle comprend un plus grand nombre d'officiers plus jeunes, elle en comprendra, en revanche, un plus grand nombre de plus âgés.

Problème de l'avancement.   2

L'inconvénient compense davantage.

C'est pour sortir de ce cercle vicieux qu'il faut, comme nous le disions, changer radicalement de manière de faire.

Le remède saute aux yeux : les A $+a$ et leurs voisins immédiats ne doivent pas devenir commandants, puisqu'ils n'ont su, ayant plus que le temps voulu, faire leurs preuves d'aptitude.

Leur écartement est donc profitable au corps des commandants, qui se constitue d'éléments meilleurs ; il est également profitable à l'activité du courant général, puisque les *écartés* seront atteints, en définitive, par la limite d'âge de capitaine, qui est inférieure à celle des grades au-dessus, où ces éléments inaptes feraient banquise. Soit L, par exemple, une limite en deçà de laquelle tout capitaine ayant une réelle aptitude au grade supérieur aura atteint ce grade par les moyens que nous indiquerons dans cette étude.

Tout droit à l'avancement doit cesser, par principe, pour l'officier qui, sans avoir été promu, atteint la limite d'ancienneté L.

A moins qu'il ne place les intérêts particuliers avant l'intérêt général, violant alors le principe fondamental établi tout à l'heure, nous défions celui qui veut *l'armée la plus forte* d'échapper à cette impérieuse nécessité.

Ce principe admis, nous possédons un régulateur du rajeunissement.

Veut-on rajeunir les promotions de i années, par rapport à la limite L, par exemple ?

Rien de plus simple : il suffit de fixer à L $-2i$ l'ancienneté de grade des plus jeunes promus, car L étant l'ancienneté des plus vieux, la moyenne sera bien L $-i$, comme on le désirait.

Le nombre annuel des promus étant égal au nombre

des vacances v, la promotion annuelle se trouve rajeunie de $v\,i$ années.

Si l'on s'en tenait là, le mouvement permanent ne serait pas encore établi, car le rajeunissement des nouveaux promus correspondrait à un stationnement plus grand dans le grade au-dessus, ce qui ne tarderait pas à diminuer le nombre annuel des vacances v, nombre qu'il importe de maintenir constant.

Il faut donc augmenter, par le haut, l'exode des commandants, de façon à compenser les $v\,i$ années annuellement importées en moins par les nouveaux promus.

Ce problème, qui n'admettait autrefois qu'une solution : l'abaissement des limites d'âge, se trouve singulièrement simplifié avec les retraites proportionnelles, les congés de longue durée, la réserve spéciale et les départs que provoquera, au voisinage de l'ancienneté L, la certitude que tout droit à l'avancement va cesser.

Ainsi s'accroîtra le nombre des vacances sans qu'il soit nécessaire de recourir à de notables abaissements des limites d'âge.

La valeur définitive à adopter dans chaque grade pour ces dernières, se manifestera au cours de la période transitoire, qui, seule, peut faire ressortir l'influence respective de chacun des éléments nouveaux.

Ce qui vient d'être dit plus particulièrement pour l'avancement des capitaines, à titre d'exemple, peut évidemment être généralisé et appliqué à tous les grades au-dessus.

Il nous reste maintenant à passer au point capital de la question, c'est-à-dire à l'exposé des moyens à employer pour obtenir des chefs immédiats des propositions faisant exactement ressortir, *indépendamment de leurs préférences personnelles*, au besoin même *malgré ces préférences*, la valeur réelle des officiers sous leurs ordres, les plus dignes de se voir ouvrir, au profit

de la nation, les grades élevés de la hiérarchie militaire.

Ce qu'on demande aujourd'hui, ce qu'on a toujours demandé jusqu'ici aux divers chefs militaires, comme base du travail d'avancement, c'est *une liste de préférence*, c'est-à-dire une liste des candidats classés dans l'ordre où chaque chef *préférerait* les voir passer, l'an d'après, au grade supérieur.

De là, toutes les hétérogénéités, toutes les divergences signalées dès les premières lignes de cette étude (1) et tenant à ce que chaque chef s'inspire de principes *qui lui sont personnels* pour attribuer sa préférence ici à des officiers très âgés, au détriment de plus jeunes, et inversement à côté.

Tout peut rentrer dans l'ordre !

Il suffit, pour cela, que le chef cesse d'avoir une action directe sur la désignation des candidats à promouvoir dans le cours de l'année suivante :

Nous lui demanderons, non plus ses préférences à l'égard de ces derniers, mais une appréciation *sur tous les officiers d'avenir* placés sous ses ordres, à partir du grade de lieutenant.

Cette appréciation sera présentée sous la forme d'un classement de ces officiers dans l'une des catégories suivantes :

1re *catégorie*. — Candidats s'annonçant comme *officiers d'un très grand avenir*.

2e *catégorie*. — Candidats s'annonçant comme *officiers d'avenir*.

3e *catégorie*. — Candidats s'annonçant comme *officiers de valeur moyenne*.

Le nombre des candidats à inscrire dans chaque catégorie sera d'ailleurs strictement limité, et les conditions d'ancienneté de grade imposées pour pouvoir y figurer seront étroitement fixées.

Il est facile de voir que, ainsi orienté, un chef ne peut inscrire qui il veut dans l'une ou l'autre catégorie, et qu'il est lié par un principe directeur dont il ne saurait s'affranchir.

Admettons que, *pour toutes les armes*, les conditions d'avancement reconnues les meilleures, les plus convenables à tous les points de vue, correspondent, pour 6 capitaines promus commandants, par exemple :

A 1 capitaine devant passer entre 7 et 9 ans de grade ;

A 3 capitaines devant passer entre 9 et 12 ans de grade ;

Et à 2 capitaines devant passer entre 12 et 15 ans de grade.

Un officier approchant de 9 ans de grade ne pourra donc plus, quelque bien que lui veuille son colonel, être proposé en 1re catégorie.

Un officier approchant de 12 ans de grade ne pourra pas davantage être proposé en 2e catégorie.

Un officier ayant atteint 15 ans de grade passera au-dessus de la barre, *à la masselotte*, et aura perdu tout droit à l'avancement.

Nous verrons tout à l'heure que le nombre des officiers rentrant dans ce dernier cas sera sensiblement égal au quart du nombre total, en sorte que, sur 8 capitaines, 6, d'une façon générale, deviendront commandants et 2 passeront à la masselotte.

Le principe de la méthode est donc fort simple, son application ne l'est pas moins, comme on va s'en rendre compte.

Méthode des cinq sélections. — Chaque chef de corps aura à fournir, tous les ans, sur l'ensemble de ses capitaines, par exemple, les renseignements suivants :

1° Les noms, s'il y a lieu, de ceux qu'il classe en 1re catégorie, c'est-à-dire qui s'annoncent, à ses yeux, comme méritant d'être promus avant 9 ans de grade.

Leur nombre C_1, doit représenter sensiblement 1/8e de l'effectif du corps en capitaines Ec (1).

2° Les noms des capitaines qu'il classe en 2e catégorie (9 à 12 ans).

Leur nombre C_2 doit être tel que la somme C_1+C_2 représente sensiblement 1/8+3/8 ou la moitié de l'effectif Ec.

3° Les noms des capitaines qu'il classe en 3e catégorie (12 à 15 ans).

Leur nombre C^3 doit être tel que la somme $C_1+C_2+C_3$ représente sensiblement 1/8+3/8+2/8 ou les trois quarts de l'effectif Ec (2).

Le chef de corps fournit donc trois listes de 1re sélection que nous désignerons par :

1 — S_1 (1re catégorie, 1re sélection) portant C_1 noms :
2 — S_1 (2e   —   1re   —   )   — C_2 —
3 — S_1 (3e   —   1re   —   )   — C_3 —

Le général de brigade, à son tour, après élimination d'un certain nombre de candidats, établira, pour classer les autres en 1re, 2e ou 3e catégorie, trois listes de 2e sélection :

$$1 — S_2 ;\quad 2 — S_2 ;\quad 3 — S_2 .$$

Le général de division fera de même :

$$1 — S_3 ;\quad 2 — S_3 ;\quad 3 — S_3 .$$

---

(1) Ce sera le nombre entier se rapprochant le plus de $\dfrac{Ec.}{8}$

(2) Il n'y a pas lieu de considérer ces chiffres fractionnaires comme entraînant des complications; il suffit qu'une règle simple conduise à des nombres entiers déterminés, C_1 C_2 et C_3 pour fixer le chef de corps de la façon la plus précise.

Puis le général commandant le corps d'armée

$$1 - S_4 ; \quad 2 - S_4 ; \quad 3 - S_4;$$

et l'inspecteur d'armée.

$$1 - S_5 ; \quad 2 - S_5 ; \quad 3 - S_5.$$

Pour espacer les candidats, il faut que les éliminations faites par chacune des autorités successives soient progressivement échelonnées.

Le chef de corps ou de service ayant classé en 1re sélection, pour les trois catégories, des nombres de capitaines respectivement représentés par

$$1/8, \ 3/8 \ \text{et} \ 2/8$$

de l'effectif total, le général de brigade ne maintiendra en 2e sélection que

$$1/12, \ 3/12 \ \text{et} \ 2/12$$

de l'effectif total de la brigade.

Le général de division s'en tiendra à

$$1/16, \ 3/16, \ 2/16$$

de l'effectif total de la division,
ces proportions devenant de

$$1/20, \ 3/20, \ 2/20$$

pour le corps d'armée et de

$$1/24, \ 3/24, \ 2/24$$

pour l'armée.

Le classement en 1re catégorie donnera un bénéfice de r rangs, quelle que soit l'autorité qui l'a présenté.

Le classement en 2e catégorie donnera $r/2$ rangs, et en 3e catégorie, $r/3$ rangs.

Sur 24 capitaines présentés dans l'armée,

1 gagnera $5 \times r$ rangs.

17 gagneront entre $5 \times r$ et $r/3$ rangs.

6 ne gagneront rien (1).

---

(1) C'est l'arrêt des *incapables* et des *insuffisants* que le système actuel appelle à tort au grade supérieur, non de par le mérite, mais de par l'ancienneté.

Le nombre r, qui forme *la base des bénéfices*, est évidemment l'élément à fixer pour chacune des armes; rien de plus facile que de le choisir de façon à uniformiser l'avancement et à conserver, pour toute l'armée, les proportions indiquées ci-dessus.

Exemple. — Un exemple numérique, largement traité, en arrondissant les chiffres, pourra donner au lecteur l'idée des moyens à employer dans une arme quelconque.

Envisageons une arme hypothétique comptant 1.800 capitaines en dessous de la barre, c'est-à-dire masselotte non comprise. Admettons que cette arme fait annuellement 100 commandants dont, ainsi qu'on vient de le montrer :

1/6 ou 16 entre 7 et 9 ans de grade.
3/6 — 50 —   9 — 12   —
2/6 — 34 — 12 — 15   —

Ceux de nos 1.800 capitaines qui, après 15 années de grade, ne seront pas promus, doivent définitivement renoncer au grade supérieur.

Cherchons donc, tout d'abord, le nombre de ceux qui, dans le lot considéré de 1.800, deviendront commandants.

Pendant les 7 premières années le lot fournira la totalité des commandants, puisque les lieutenants devenus capitaines pendant cette période n'ont pas encore 7 ans de grade, limite inférieure à laquelle nous admettons qu'on puisse atteindre le 4e galon. Entre 7 et 9 ans, on verra passer commandants un certain nombre de capitaines plus jeunes que nos 1.800 ; entre 9 et 15 ans beaucoup plus encore et, après 15 ans, la totalité des commandants promus viendront des officiers moins anciens que nos 1.800.

De ces derniers passeront commandants :

Les 7 premières années.	.700
La 8ᵉ année, environ.	95
La 9ᵉ — —	85
La 10ᵉ — —-	75
La 11ᵉ — —	60
La 12ᵉ —- —	40
La 13ᵉ — —	25
La 14ᶜ —	15
La 15ᵉ — —	5

Soit un total de 1.100

Ainsi, sur nos 1.800 capitaines, 1.100 deviendront commandants.

En évaluant à environ 15 par an le nombre de ces capitaines qui disparaîtront par démission, congés, retraite anticipée, réserve spéciale, passage dans l'intendance, la gendarmerie, le contrôle, par décès, etc., etc., nous arrivons à un total de 200 capitaines, en nombre rond, disparus des contrôles en 15 ans.

Restent donc 500 capitaines qui, atteignant successivement leurs 15 ans de grade, passeront à la masselotte, à raison de 33 par an, en moyenne. Pour 100 capitaines devenant commandants, 33 capitaines passeront au-dessus de la barre, soit 1/4 du nombre total, qui est 133. De là, la proportion annoncée tout à l'heure de 2 officiers sur 8, non classés par le chef de corps.

Fixons, maintenant, à 24 années de grade la limite au delà de laquelle nul capitaine ne pourra rester à l'activité. La masselotte sera, dès lors, constituée par 9 lots de 33 capitaines, mais ne comptera guère, en raison des départs ou disparitions par limite d'âge, par exemple, atteinte avant les 24 années de grade, plus de 200 officiers environ, comptant de 15 à 24 années de grade.

En résumé, après 15 ans, sur les 1.800 capitaines considérés :

1.100 seront devenus commandants ;

  200 auront disparu des contrôles, au-dessous de la barre ;

  500 auront passé successivement à la masselotte.

Cherchons maintenant la valeur à donner à *r*, base des bénéfices en rangs dans l'arme considérée. Il suffit, pour faire cette détermination, de calculer le nombre de rangs à gagner par l'officier qui sera le plus favorisé et par celui qui le sera le moins.

Prenons le cas du capitaine inscrit sur l'annuaire avec le n° 1800 au-dessous de la barre. Combien devra-t-il gagner de rangs pour passer commandant à 7 ans et demi de grade ?

Après 7 ans et demi, 750 capitaines inscrits avant lui seront passés commandants ;

  50, en nombre rond, auront disparu des contrôles (2) ;

  250 seront passés à la masselotte ;

1.050 capitaines ont donc cessé de le gêner ;

et, s'il n'avait fait aucun bénéfice, il en aurait encore 750 inscrits avant lui.

Comme, pour être promu, il faut qu'il arrive avec le n° 1, on voit qu'il aura dû gagner 750 rangs en sept ans et demi, soit, en moyenne, 100 rangs par an. Tel est le bénéfice à attribuer aux officiers les plus favorisés dans le grade de capitaine de l'arme considérée.

---

(1) $33 \times 15 = 495$.

(2) En 7 ans et demi, il en a disparu environ 100, dont sensiblement une moitié inscrits avant l'intéressé, qui, de dernier, est devenu premier. Il serait plus exact de prendre 60 ou 65, mais cela n'a aucune importance au point de vue des conclusions.

Le même raisonnement n'est pas applicable à l'officier le moins favorisé, car il ne sera pas seulement retardé par des capitaines inscrits *avant lui* mais aussi par ceux des capitaines *plus jeunes que lui* qui l'auront devancé, en passant entre 7 et 14 ans de grade.

Sur les 1.500 commandants faits en 15 ans, son lot n'en a fourni que 1.100 ; étant le moins favorisé de tous, il a donc été devancé par 400 officiers plus jeunes, et, pour arriver n° 1, ce n'est pas 1.800 noms qui doivent disparaître devant lui, mais 2.200.

Ils disparaissent, en effet, en 15 ans, puisque, si l'on ajoute aux 1.500 nommés avant lui, les 200 disparus et les 500 passés à la masselotte, on arrive précisément à ce total de 2.200.

L'un de ses camarades, nommé capitaine le même jour que lui, mais n'ayant jamais eu de majorations, est séparé de lui par les noms des capitaines sur le point de passer dans l'année, c'est-à-dire par une centaine de noms.

Le lecteur est maintenant en mesure de se faire une première idée du mécanisme de l'avancement tel qu'il résulterait de la méthode proposée.

Il voit que le candidat le plus favorisé, qui gagnerait $5 \times r$ rangs tous les ans, c'est-à-dire 100 rangs, en faisant $r = 20$, passerait, en temps de paix, vers 7 ans et demi de grade, et même 7 ans, s'il a gagné des rangs par son entrée à l'Ecole de guerre, par exemple.

Le candidat le moins favorisé, ayant à gagner une centaine de rangs en 15 ans, c'est-à-dire, en moyenne, 6 à 7 rangs par an, n'aurait besoin, pour arriver, que d'être classé en 3ᵉ catégorie par son colonel, car il y gagnerait annuellement $r/3$ rangs, c'est-à-dire, précisément, 6 à 7 rangs, pour $r = 20$.

Il est clair que chaque grade et chaque arme comporteront des valeurs différentes pour r.

Dans ces déterminations réside le seul point délicat de la méthode, car, une fois les règles fixées, rien n'est plus simple que leur mise en pratique.

Ces règles doivent être particulièrement étudiées et mises au point pour le cas des officiers qui se distinguent dans une école, en campagne, etc., etc.

Pour ce qui est de l'*avancement en campagne*, par exemple, les cinq sélections s'opéreraient comme en temps de paix, mais en doublant les gains d'ancienneté.

Quant à l'officier qui, au cours de la campagne, révélerait son manque de coup d'œil, de calme ou de sang-froid, il serait vraiment irrationnel qu'il tirât, *au point de vue de l'avancement*, un avantage quelconque d'un événement qui a précisément démontré son inaptitude.

C'est sous une autre forme, et par des avantages d'un autre ordre (décorations, majorations de solde, majorations de retraite, etc.), que les officiers seront *récompensés* pour des blessures reçues, des fatigues endurées, etc.

En ce qui concerne le *passage dans les écoles*, un régime distinct serait à prévoir pour chacune d'elles, mais avec ce point commun, c'est que tout bénéfice retiré par l'élève doit forcément être fondé sur un *classement*.

L'Ecole Supérieure de Guerre ne fait pas exception.

Que le désir de briller dans ce classement expose certains officiers à comprendre et à pratiquer des idées de leurs professeurs, c'est indéniable ! (On se demande à quoi pourrait bien servir une école, s'il n'en était pas un peu ainsi !)

Si l'élève y perd, c'est que le professeur lui est inférieur et a été mal choisi.

Mais, tant que l'École de Guerre ne sera pas le lieu où des élèves viendront pour perfectionner des professeurs, un classement s'impose et, quoi qu'on en dise, ce classement a toujours mis en vedette *les personnalités* et non les « *bons élèves* » (1).

Ainsi c'est précisément au moment où le progrès inciterait à *classer* tous les officiers dans l'armée *qu'on supprimerait le classement* là où il est admis, de temps immémorial, dans les écoles !

Il y aura donc à l'École Supérieure de Guerre un classement d'entrée, un classement de passage, un classement de sortie.

L'admission vaudra un gain à fixer (50 rangs par exemple) pour la tête, un gain moindre (25 rangs) pour la moyenne et un gain modéré (10 rangs) pour la queue. Le classement de passage permettra de pousser une élite aux cinq sélections de 1re catégorie et, par une succession décroissante de gains, d'arriver, pour l'extrême queue, à cinq sélections de 3e catégorie.

Quant au classement de sortie, il doit attribuer à la tête les avantages qu'eût conférés aux officiers qui s'y sont fait classer, l'inscription en 1re catégorie aux cinq sélections, depuis leur accès à leur grade actuel.

Ces avantages iront en s'échelonnant jusqu'à la queue de promotion, pour s'annuler si le brevet est refusé.

Dans la suite de la carrière, l'officier qui a tiré un réel profit de son passage à l'École ou de l'expérience acquise pendant une campagne de guerre, sera muni de tous les moyens propres à mettre en évidence sa supériorité et d'acquérir de nouveaux gains d'ancienneté.

Ces exemples montrent combien les modes d'application de la méthode deviennent simples pour qui s'ins-

---

(1) Cela est si vrai, que bien des appréciations de professeurs, telles que : « bon élève », par exemple, sont considérées et par le commandement et par les intéressés comme notes réductrices de la valeur militaire intégrale de l'officier qu'elles concernent.

pire uniquement du principe fondamental formulé à la base de cette étude.

Mais, dans notre pays, il faut bien en convenir, les changements dans les habitudes ne sont pas toujours bien accueillis, témoins les objections faites à une équitable répartition des impôts et la vitalité extraordinaire de nos vieilles contributions !

On objectera donc bien des impossibilités :

1° *Il y a des services où l'on ne met que des officiers d'élite.* Nous répondrons : voir, ci-après, les droits du Ministre.

2° *Il y a des services non subordonnés aux cinq autorités ayant droit de sélection.*

Exemples : l'artillerie de corps et les autres éléments non endivisionnés, qui n'ont pas de général de division ; les troupes détachées, etc., etc.

Aucune difficulté : à défaut de l'une ou de plusieurs des autorités appelées à donner leur appréciation, l'autorité immédiatement supérieure établira elle-même, et d'après les mêmes principes, toutes les listes qui auraient été fournies par les échelons manquants.

Enfin, pour les services ne dépendant pas d'un inspecteur d'armée, le Ministre se substitue à cette autorité (officiers du ministère, en mission, du cadre de certaines écoles ou commissions, ou de certains établissements ou services).

3° *Il y a les colonels, les généraux !*

D'accord ! les colonels ne figureront que sur quatre listes de sélection, les généraux de brigade sur trois, les généraux de division sur deux ou sur une, suivant qu'ils auront un commandement de division où de corps d'armée. Mais les classifications en catégories ne modifieront pas le rang d'ancienneté des intéressés, qui restera celui qui résulte de la date de leur nomination.

4° On se heurtera à des difficultés insurmontables quand les gains obtenus par deux officiers différents les conduiront à occuper un même rang numérique sur le nouveau tableau.

S'il y a là une objection, il faut reconnaître qu'elle est bien facile à solutionner, car il suffit de donner la priorité, par principe, au plus ancien du tableau précédent ou au plus jeune. Personnellement, nous opterions pour le plus jeune !

Etc., etc., etc...

Droits du Ministre. — Le Ministre reçoit les listes de sélection concernant les colonels et les généraux et prend seul des décisions sur la sanction à leur donner et sur les nominations à faire.

Le Ministre peut, *dans l'intérêt de l'armée*, attribuer des gains d'ancienneté sans limite définie à l'officier dont une circonstance exceptionnelle a démontré l'éclatante et manifeste valeur (1).

Il peut également prononcer des diminutions d'ancienneté dans le cas contraire (2).

Il peut retirer ses bénéfices à l'officier qui s'est rendu indigne de commander ou qui ne joint pas à ses qualités professionnelles le loyalisme qu'une démocratie est en droit de demander à ceux qu'elle appelle aux plus hauts grades.

---

(1) Ces avantages, accordés par le Ministre, pouvant survenir à un moment quelconque de l'année, auront, dans certains cas, pour effet de déterminer la promotion d'un officier avant le tour résultant de son rang sur le tableau sélectif de l'année. Il est inutile d'insister sur la rareté des cas où de tels avancements seront attribués. Il faut qu'ils soient, pour ainsi dire, réclamés par l'opinion publique.

(2) Dans ce cas, bien différent du suivant, le ralentissement d'avancement ne doit pas plus être confondu avec une punition que l'avancement ne doit l'être avec une récompense.

Travaillant dans le but de constituer à l'ensemble de ses membres un milieu leur assurant le maximum de bonheur par le maximum d'équité et de justice, une démocratie, avons-nous dit, se crée une armée formidable, parce qu'elle veut préserver son œuvre contre les ennemis du dehors, parce qu'elle compte, *parce qu'elle veut durer*, sur le sol intégral de la patrie. Elle n'entend donc pas laisser non plus détruire cette œuvre par des ennemis du dedans.

Son ministre, responsable vis-à-vis d'elle, ne saurait conférer en son nom l'autorité des grades les plus élevés à l'officier qui, s'érigeant en adversaire des institutions du pays, se produirait dans des manifestations ayant pour but de les ruiner.

Le lecteur connaît maintenant, dans leurs lignes essentielles, les règles qui s'adaptent de la façon la plus simple au principe dont nous avons fait la base fondamentale de toute méthode d'avancement.

Si ce principe, qui ne s'inspire que de l'*intérêt général de la nation armée*, est faux, toute notre étude s'effondre ! Mais si ce principe est reconnu le meilleur, nous croyons pouvoir affirmer qu'il ne saurait se traduire par une règle plus équitable que celle qui consiste à attribuer des accroissements d'autorité à ceux-là précisément qui ont prouvé la supériorité de leur mérite.

L'application exige assurément que tout chef appelé à donner son appréciation s'inspire lui-même uniquement de cet *intérêt général de l'armée*, à l'exclusion de toute autre considération.

Chacun doit pouvoir émettre son avis en toute indépendance et s'imposer de n'éclairer, en ce qui concerne les appréciations à fournir sur les divers candidats, que les chefs *appelés à se prononcer après lui*.

Ainsi disparaît, pour le chef, l'angoissante préoccupation de faire, à un moment donné, un choix décisif entre deux candidats et, ce faisant, d'ouvrir l'avenir à l'un en le fermant irrévocablement à l'autre.

Ainsi s'égalise, d'une façon équitable, pour toute l'armée, considérée dans son ensemble, la part qui, en matière d'avancement, peut émaner de chacun des chefs et être attribuée à chacun des candidats.

Dès lors, chaque officier arrive par la cumulation de titres acquis dans tout le cours de sa carrière.

Les tableaux sélectifs annuels, véritables thermomètres de l'avancement, le renseignent sur ce qui l'attend, sur ce qu'il peut espérer, sur ce qu'il peut réparer, sur ce à quoi il doit renoncer.

Pas de faux zèle entretenu par l'illusion d'être inscrit au bout de l'année.

L'illusion aboutit à la déception et ce n'est pas avec des déçus qu'on mène des hommes à la victoire.

Combien préférables, aux déçus, les résignés !

La résignation est une crise lente, laissant à l'homme sa philosophie et ses moyens ; il a vu venir ; c'est volontairement qu'il demeure au poste et, s'il perd quelque peu d'ardeur, il reste l'homme de devoir, ce qui n'est pas toujours le cas pour le désillusionné, dont le mécontentement jette des germes démoralisants autour de lui !

Chacun verra donc, tous les ans, le chemin parcouru et, constatant que tout effort l'élève, que toute défaillance le retarde, l'officier, s'inclinant devant les exigences de la plus pure justice, saura enfin que son sort dépend avant tout de lui-même !

II. — Les récompenses.

Idées générales. — L'auteur d'un article, paru récemment dans un grand journal militaire (1), veut voir, en matière d'avancement, « ménager et sauvegarder les innombrables intérêts particuliers en jeu ».

_____

(1) La *France Militaire* du 27 janvier 1912.

Nous ne saurions nous ranger à cette manière de voir. L'avancement doit, au contraire, rester rigoureument indépendant des intérêts particuliers.

Une démocratie, exposée à succomber dans la crise d'une guerre, portera le choix des chefs de son armée sur les plus dignes, obéissant à ces mêmes mobiles, nettement égoïstes, qui font choisir par le malade le meilleur médecin ou le meilleur chirurgien.

Elle n'élève pas un officier en grade par bienveillance à son égard ; elle ne l'élève pas pour améliorer sa situation, pour le récompenser de ses services antérieurs; encore moins pour lui assurer plus de repos, pour flatter son amour-propre, pour augmenter le traitement ou les honneurs auxquels il a droit, ou pour embellir son uniforme.

Elle l'élève parce qu'il lui paraît le plus propre à faire face à une tâche plus difficile et à des responsabilités plus lourdes.

Le nouveau promu ne peut qu'en éprouver plus de fierté. Il n'est pas un *récompensé*, tenu de remercier ; il est une une *force intelligente* mise à profit, et on lui doit égard.

Se sentant plus chargé de devoirs (et non plus allégé, comme le laisse encore percevoir trop souvent la mentalité du promu), il ne manifestera pas cette joie exubérante, tout à fait hors de la note.

C'est avec confiance, certes, mais aussi avec gravité, qu'il abordera son nouveau grade, comme aborde la table d'opérations l'aide devenu chirurgien, comme aborde la machine du rapide le mécanicien à qui on la confie pour la première fois, comme aborde la passerelle du commandement le subordonné devenu chef du navire, comme on voit, enfin, dans toutes les branches de l'activité humaine, envisager des responsabilités plus redoutables par ceux à qui elles vont incomber !

L'officier seul les assumerait le cœur léger, alors que le mauvais usage de sa nouvelle autorité peut faire répandre des flots de sang humain, peut faire perdre — qui sait ? — une bataille et asservir son pays !

La question, toujours angoissante : « *Serai-je à la hauteur de ma tâche ?* », ne devrait-elle pas calmer bien des ambitions ?

Ne devrait-elle pas ombrer de quelque nuage le visage rayonnant du nouveau promu ?

Sans pousser les choses au noir, il faut cependant reconnaître qu'un état d'esprit inexact s'est créé et qu'il est entretenu par cette idée fausse que l'avancement est une récompense. Dès lors, chacun prétend la mériter, car il est humain que chacun soit fier de son œuvre passée !

Or, nul, dans une démocratie, *n'a le droit de récompenser, sous la forme d'une autorité attribuée sur d'autres hommes, à titre de faveur.*

Ou la démocratie est trahie par les mandataires du pouvoir, ou l'accroissement d'autorité, qui est l'*avancement,* est attribué à celui qui a prouvé son aptitude à exercer les fonctions du grade supérieur et à les exercer le mieux.

Quant à la *récompense,* qui n'a rien de commun avec l'avancement, elle est destinée à l'officier qui s'est distingué de toute autre façon, par une mission spéciale bien remplie, par exemple, par une invention ingénieuse, par un séjour dans l'Est, par une étude intéressant l'armée, par des fatigues endurées, une blessure reçue dans le service ou sur le champ de bataille, actes qui, sans modifier la valeur militaire d'un officier, peuvent lui constituer des titres exceptionnels, lui ouvrir des droits à des marques de la reconnaissance de la République.

Ces récompenses peuvent consister en :

Témoignages de satisfaction ;

Lettres de félicitations du Ministre ;
Citations au Bulletin officiel ;
Décorations ;
Majorations de solde ;
Majorations de retraite ;
Dotations ;
Etc., etc.

Moyens d'exécution. — Rien de particulier à dire en ce qui concerne les témoignages de satisfaction, les félicitations et les citations, etc.; on se tromperait fort en les estimant absolument platoniques ; elles ont, au contraire, un prix très réel aux yeux de l'officier qui en est l'objet, tout comme aux yeux de ceux qui l'entourent, chefs et camarades.

Quant à l'avancement dans la Légion d'honneur, il ne peut être basé que sur un *tableau sélectif de concours*, établi comme le *tableau sélectif d'avancement*, mais par ordre d'ancienneté décomptée en *annuités réelles* ou *acquises*.

L'ancienneté, sur ce tableau sélectif de concours, sera susceptible de s'accroître par des bénéfices d'annuités décomptés suivant des règles précises.

C'est ainsi que les missions pouvant donner droit à des bénéfices d'annuités seront parfaitement définies.

Des bénéfices déterminés seront accordés à tout officier ayant pris part à une campagne de guerre, ayant reçu une blessure dans le service, sur le champ de bataille, etc.

Le Ministre pourra, dans certains cas, accorder des bénéfices propres à faire décorer immédiatement un officier qui se sera exceptionnellement distingué.

C'est également le ministre qui statuera sur les récompenses à attribuer pour découvertes scientifiques ou inventions.

Si les inventions se rapportent au matériel utilisé par l'armée, si elles constituent des perfectionnements ca-

pables d'accroître sa puissance, si elles sont adoptées...,
l'officier qui en est l'auteur pourra, en outre, dans certains cas, recevoir une récompense nationale, une *ma-
joration de retraite* ou même une *dotation*, dont l'importance sera discutée et arrêtée en conseil des minis-
tres ou fixée par une loi.

On éviterait ainsi cette chose immorale que de jeunes officiers quittent brusquement l'armée pour impor-
ter dans l'industrie civile de fabrication du matériel de
guerre, l'expérience qu'ils n'ont pu acquérir que grâce
aux crédits, aux moyens matériels et aux ingénieux
auxiliaires mis à leur disposition par l'Etat avec une
généreuse confiance (1).

L'ensemble de mesures qui vient d'être envisagé per-
mettrait bien d'établir cette distinction fondamentale
qui s'impose entre l'avancement, basé sur l'intérêt général de la nation et les récompenses basées, au contraire, sur des intérêts particuliers de citoyens.

III. — Les accroissements successifs de la solde.

Idées générales. — L'une des conséquences les plus
importantes de la mise en pratique des principes
qui viennent d'être exposés, c'est que le nombre des
capitaines ne devant pas devenir commandants sera
très notablement augmenté.

Au point de vue des intérêts supérieurs, c'est un
immense progrès ; mais la situation des officiers privés d'avancement mérite d'être prise en sérieuse considération.

Les charges augmentent avec l'âge et il est équitable
que les ressources augmentent aussi.

---

(1) La loi sur l'espionnage pourrait comporter un article sup-
plémentaire à cet égard.

L'officier qui a acquis dans nos arsenaux une expérience et
une compétence faisant de lui un ingénieur constructeur et qui

L'ancienneté de services et de grade doit, en s'accroissant, donner lieu à des augmentations progressives de la solde, sans nécessiter le passage au grade supérieur.

Tel est le principe : comment l'appliquer ?

Moyens d'exécution. — Depuis janvier 1902, époque à laquelle cette étude a été écrite (il semble qu'elle n'ait pas beaucoup vieilli), la question des accroissements successifs de la solde a commencé à entrer dans la période des réalisations.

Mais, à notre avis, les accroissements viennent trop tôt.

Des deux catégories d'officiers représentées par ceux qui arriveront et par ceux qui cesseront d'avancer, la première est peu exposée à souffrir de l'insuffisance des ressources, puisque les grades successifs apporteront d'importants accroissements.

La seconde catégorie devient surtout intéressante quand l'arrêt est survenu dans l'avancement, c'est-à-dire, pour un capitaine, à quinze années de grade.

C'est donc à quinze, dix-huit et vingt années de grade, et alors seulement, que nous voudrions voir s'accroître notablement le traitement des vieux capitaines.

Il ne semble pas, *a priori*, qu'il puisse y avoir un sérieux inconvénient à ce que le capitaine très ancien, et qui ne doit pas franchir son troisième galon, reçoive un traitement égal ou supérieur à celui d'un jeune commandant.

On pourrait donc faire de notables économies sur les augmentations progressives que reçoivent actuellement des capitaines relativement jeunes et, pour ceux d'entre

---

a pris part à des études secrètes concernant le matériel, peut-il en faire bénéficier l'étranger en lui construisant des canons ? S'il ne veut continuer ses services, ne reste-t-il pas assez de débouchés pour lui ? Qu'il aille donc faire des machines dans l'industrie mécanique, agricole, électrique, etc.

eux qui devront renoncer à tout espoir d'avancement, l'amélioration des intérêts pécuniaires viendra, à ce moment, on ne peut mieux à propos.

Les fonds rendus disponibles d'une part permettraient, d'autre part, de faire face à ces accroissements, sans nouvelles charges pour le budget.

IV. — Mise en pratique et mesures transitoires.

La mise en pratique des dispositions qui viennent d'être exposées implique un ensemble de mesures dont nous n'avons pu donner qu'une idée sommaire et qui, se trouvant en contradiction avec certaines dispositions de lois, d'ailleurs fort anciennes, en entraîneraient d'abord la transformation.

L'application exigera ensuite un travail très délicat qui serait confié à une *commission supérieure*, composée d'officiers généraux et d'officiers supérieurs choisis par le Ministre parmi les plus éclairés et les plus réputés pour leur esprit de justice et d'impartialité.

Leur mission ne serait pas sans difficultés, mais atteindrait le but, le problème admettant une solution exacte et équitable. Ce travail préparatoire une fois terminé, la mise en pratique serait d'une extrême simplicité.

C'est ainsi, par exemple, que les travaux préparatoires à faire pour régler la marche générale des trains ou pour arrêter l'ensemble des tarifs si nombreux et si variés des chemins de fer, présentent une extrême complexité n'ayant d'égale que la simplicité des applications à chaque cas particulier.

Nous pourrons donner une idée des travaux de la commission supérieure en énumérant les divers points de vue à soumettre tout d'abord à ses sous-commissions, avant qu'elle puisse aborder la question d'ensemble :

a) *Avancement*. — Le point capital à arrêter consiste

à fixer numériquement la base des bénéfices d'ancienneté permettant, dans chaque grade, arme ou service, d'assurer, par un *tableau sélectif annuel d'avancement* : 1° une progression de l'ancienneté proportionnée à la valeur de l'officier ; 2° une marche de l'avancement aussi uniforme que possible d'arme à arme.

A ces questions se lient celles de la fixation des anciennetés limite dans chaque grade et des limites d'âge. On réaliserait une grande élasticité si on laissait au Ministre une marge lui permettant de faire varier ces éléments dans une mesure déterminée, comme il pourrait faire varier, d'une arme à l'autre et suivant les besoins, le nombre des retraites proportionnelles, congés illimités, réserves spéciales, etc., etc., à accorder.

b) *Légion d'honneur.* — Travail analogue pour les bénéfices en annuités au *tableau sélectif annuel de concours*.

c) *Récompenses.* — Il faut déterminer, d'une façon précise, tous les cas spéciaux devant donner lieu à l'attribution de récompenses suivant des modes réguliers, le Ministre conservant les moyens de récompenser sans délai dans les cas imprévus ou exceptionnels.

d) *Accroissements successifs de la solde, majorations de retraites, etc., etc.* — C'est tout particulièrement pour les grades de capitaine et de commandant qu'il y a lieu de fixer numériquement la solde à attribuer suivant les anciennetés d'âge, d'officier ou de grade, de façon à améliorer la situation pécuniaire des officiers privés d'avancement, sans entraîner des charges nouvelles trop lourdes pour le budget.

Mesures de transition. — Ces points essentiels ayant été arrêtés, il restera à adopter les mesures de transition, permettant de passer des anciens errements à la nouvelle méthode.

Il ne peut être question d'attendre que la mise en

pratique progressive de cette dernière arrive à faire surnager, en tête de liste, les meilleurs officiers.

Il faudrait pour cela bien des années, et ce retard serait d'ailleurs le moindre inconvénient d'une telle façon de procéder.

Une mesure s'impose avant toute autre : modifier la loi en ce qui concerne le passage à l'ancienneté en fixant les limites prohibitives au delà desquelles cesserait le droit à l'avancement et en arrêtant la date de la mise en application.

Cela fait, le problème se réduit à établir un tableau sélectif d'avancement et un tableau sélectif de concours représentant, aussi fidèlement que possible, les ordres d'inscription *tels qu'ils seraient résultés d'une application déjà ancienne de la méthode.*

L'établissement d'un tel tableau apparaît, tout d'abord, comme un formidable travail, hérissé de difficultés.

Ici encore, la question est beaucoup moins complexe qu'elle ne le semble à première vue.

Il est clair qu'un pareil classement nécessite la consultation des chefs hiérarchiques.

Le point essentiel consiste à déterminer la forme sous laquelle ces chefs devront fournir les renseignements indispensables.

Le lecteur, s'il est avide de justice et d'équité, nous excusera de l'entraîner jusqu'aux détails et nous saura peut-être gré de n'avoir pas traité la question en restant dans ces généralités, qui forment le fond de tant de thèses superficielles, véritables trompe-l'œil, sans réalisation possible.

Reprenons donc, pour fixer les idées, l'exemple des capitaines. Ce n'est pas un classement par ordre de mérite de tous les capitaines placés sous leurs ordres que l'on demandera aux chefs hiérarchiques, mais :

1° Un classement des capitaines ayant de 12 à 15 ans de grade ;

2° Un classement des capitaines ayant de 9 à 12 ans de grade ;

3° Un classement des capitaines ayant de 7 à 9 ans de grade ;

4° Un classement des capitaines ayant 6 ans de grade;

5° Un classement des capitaines ayant 5 ans de grade; etc., etc., jusqu'à 1 an de grade.

Sur ces listes seront données diverses indications : on y soulignera, en particulier, les noms des officiers qui ne paraissent pas susceptibles de devenir commandants ; leur nombre ne devra pas être inférieur au quart de l'effectif total en capitaines.

Les listes des chefs de corps seront fondues par les généraux de brigade, et ainsi de suite jusqu'aux inspecteurs d'armée, qui fourniront, pour les catégories d'ancienneté indiquées ci-dessus, le classement définitif, par ordre de valeur, des capitaines sous leurs ordres.

En possession de ces renseignements, il sera facile d'établir :

1° Une liste A, des capitaines ayant dépassé l'ancienneté limite : ils seront inscrits à la masselotte, dans l'ordre de leur ancienneté antérieure ;

2° Une liste B, représentant la tête du tableau sélectif, c'est-à-dire les noms, dans l'ordre voulu, des capitaines devant passer commandants dans le courant de l'année pour laquelle le travail est fait.

L'établissement de la liste B ne présente aucune difficulté : nous savons, en effet, que, sur 6 capitaines promus :

1 passe entre 7 et 9 ans de grade ;

3 passent entre 9 et 12 ans de grade ;

2 passent entre 12 et 15 ans de grade.

La liste B sera donc établie en inscrivant :

1° 1 officier pris à la tête des classements n° 3 ci-dessus ;

2° 3 officiers pris à la tête des classements n° 2 ci-dessus ;

3° 2 officiers pris à la tête des classements n° 1 ci-dessus.

On continuera de même en prenant toujours, sur 6 capitaines, 1 nom aux classements 3, 3 noms aux classements 2 et 2 noms aux classements 1.

La tête du tableau sélectif d'avancement sera terminée lorsqu'on aura atteint le nombre v des vacances prévues dans l'arme pour le grade de commandant dans l'année qui vient.

Au-dessous de cette tête, il n'y a qu'à inscrire les noms des capitaines devant atteindre leurs 15 ans de grade dans le cours de cette dernière année.

Supposant une année écoulée, on établira, d'après des principes analogues, les listes des officiers à inscrire successivement, ce qui consiste, en somme, à résoudre le même problème par les mêmes moyens.

En procédant ainsi, d'année en année, on établira une succession de noms figurant, aussi exactement qu'on peut le souhaiter, un tableau sélectif d'avancement ayant la physionomie de celui qu'eût donné la méthode elle-même par une application remontant à plusieurs années.

La partie de ce travail qui concerne les officiers les moins anciens aura assurément moins de valeur que celle qui se rapporte aux têtes de listes, mais c'est précisément pour ces dernières qu'il y a le plus d'intérêt à réunir le maximum de chances d'exactitude.

Si quelques erreurs venaient altérer le classement relatif le plus équitable pour certains jeunes officiers, les bénéfices successifs qu'ils ne manqueraient pas d'obtenir par la suite viendraient sûrement corriger, avant leur promotion, l'influence des appréciations primitives.

Le Ministre n'a-t-il pas, d'ailleurs, tous les moyens de réparer des erreurs évidentes par la faculté d'attribuer lui-même des gains exceptionnellement justifiés ?

Conclusions. — Nous nous sommes efforcé de mettre en pleine lumière les graves inconvénients que présentent les méthodes suivies jusqu'ici pour l'avancement des officiers.

Malgré des efforts incessants pour améliorer ces méthodes, malgré la persistance de résultats viciés, elles s'étaient soustraites au puissant mouvement de progrès qui s'est manifesté, dans tous les pays, par de si grands perfectionnements dans l'organisation des armées et dans le matériel dont elles disposent.

Si la valeur morale des troupes et la perfection des armements constituent les facteurs primordiaux de la puissance militaire d'un pays, ne doit on pas constituer le cadre d'officiers avec les chefs capables de faire le meilleur emploi de ces armements et de développer au plus haut degré cette énergie morale de leurs soldats ?

Il n'y a pas si longtemps qu'une circulaire ministérielle promettait officiellement l'inscription au tableau d'avancement de l'officier qui présenterait au Ministre le meilleur projet de casernement.

Quel rapport cela a-t-il ?

Est-ce à dire qu'un excellent officier, instruit et laborieux, dépensant en lectures historiques et en méditations sur son rôle à la guerre tout le temps qu'il ne consacre pas à parfaire l'instruction et le bien-être de ses soldats, fait fausse route, et qu'il devra attendre six ou huit ans un grade qu'il aurait obtenu l'an d'après, en fermant ses livres, en délaissant ses hommes et en établissant, le tire-ligne en main, une distribution des locaux aux divers étages d'une caserne ?

Qu'importe la région, Est, Ouest, Nord ou Midi, où le meilleur chef aura formé les meilleurs soldats ?

Il n'est que temps d'envisager enfin une conception rationnelle de l'avancement !

Nous en avons cherché le point de départ et la base fondamentale dans la sévère et rigide application de la formule suivante :

Sacrifier à l'intérêt général de l'armée d'une démocratie tout intérêt particulier de l'un de ses membres.

Ainsi se trouvent conciliées les exigences du salut de la patrie commune et les conditions de l'équité la plus parfaite qu'il paraisse possible de réaliser.

La mise en pratique de cette méthode, dont nous avons montré les nombreux avantages, impose la nécessité de modifier, dans un intérêt supérieur, certaines prescriptions de lois anciennes qui ne sont plus en harmonie avec les conditions actuelles de l'organisation militaire et qui dressent des obstacles infranchissables, immobilisant la superbe armée de notre République, si désireuse de marcher librement dans la nette et large voie du progrès.

Paris et Limoges. — Imp. et libr. milit. Henri CHARLES-LAVAUZELLE.

62

www.ingramcontent.com/pod-product-compliance
Lightning Source LLC
Chambersburg PA
CBHW061651180626
46818CB00003B/1048